BRIAN AZZARELLO
guion
EDUARDO RISSO
dibujo y color

MOONSHINE

VOL. 3

JARED K. FLETCHER
diseño
CRISTIAN ROSSI
asistente de color
WILL DENNIS
editor

Planeta Cómic

Moonshine Vol. 3

MOONSHINE, VOLUME #3.
Published by Image Comics, Inc.

Originally published in single magazine form as *MOONSHINE* #1-6

Publicación de Editorial Planeta, SA. Diagonal, 662-664, 08034 Barcelona.

Traducción: Diego de los Santos

ISBN: 978-84-9173-039-2. Depósito legal: B 16604-2017 (10209316). *Printed in EU* / Impreso en UE.

Capítulo

TRECE

"AUNQUE APENAS HE DORMIDO, HE TENIDO UN SUEÑO...".
"ANOCHE. ESTA-BA CORRIENDO. JADEANDO".
"BABEANDO".
"ECHANDO ESPUMA".
"CORRIENDO".
"¿HUÍA?".
"NO. IBA HACIA ALGO. LO PERSEGUÍA".
"¿EL QUÉ?".
"SANGRE. LA ESTABA PERDIENDO".

"¿UNA HERIDA?".
"NO. POR LOS POROS".
"SE IBA FLOTANDO".
"NO PODÍA ALCANZAR-LA CON MIS MANOS ENSANGRENTADAS".
"¿SUS MANOS TENÍAN SANGRE?".
"MIS MANOS, NO. EN LA PUNTA DE...".
"NO ERAN LOS BRAZOS".
"¿SANGRE DE QUIÉN?".
"OJALÁ PUDIERA...".
"...DECÍROSLO. LAS MANOS NO PODÍAN AL-CANZAR LA SANGRE...".
"INTENTABA MORDERLA".

"¿MORDERLA?".
"SALTABA".
"MORDÍA".
"CON DIENTES Y LENGUA".
¿LA PROBABA?
NO...

QUIERO MÁS.
KNOCK
KNOCK
MEJOR TOME TÉ, SEÑOR PIRLO.

POR FAVOR, SEÑORA, LLÁMEME LOU.
NO VEO MOTIVO PARA TOMARME MÁS CONFIANZAS CON USTED DE LA CUENTA, SEÑOR PIRLO.
NINGÚN BUEN MOTIVO.
LOU ESTÁ MALDITO, EVA. NO SEAS TAN DURA.
SU MALDICIÓN NO ES LA NUESTRA, ANGELIQUE. NO LA QUIERO EN CASA.
YA ESTÁ EN EL CORAZÓN DE NUESTRA CASA.
LO SIENTO, ANGELIQUE...
DELIA, A PESAR DE LOS PROBLEMAS QUE PODAMOS TENER ENTRE NOSOTRAS, HAS HECHO BIEN TRAYENDO A ESTE HOMBRE A NUESTRA PUERTA.
HAY UNA MANCHA SALVAJE EN SU SANGRE, SEÑOR PIRLO...
MI HERMANA Y YO, IMPLORANDO A SANTAS Y SANTOS, PODEMOS CURARLA.
SI QUEREMOS.

EVA, SÉ QUE NO ESTAMOS DE ACUERDO DESDE...
CALLA.
ANG, NO IBA A DECIR NADA SOBRE...
¡CALLA!
VAMOS A PONERNOS LAS TRES DE ACUERDO, POR FAVOR.
AYUDADME CON ESTE HOMBRE.
SU ALMA ESTÁ ARRUINADA.
¿PODEMOS ARREGLARLA?
NO, QUIERO DECIR QUE EL TIPO NO TIENE DINERO. Y AUNQUE ESTO ES UNA IGLESIA...
¡NO ES UNA OBRA BENÉFICA!

DELIA, YA SABES QUE SIEMPRE HAY UN PRECIO.
POR ESO ME FUI.
Y AHORA HAS VUELTO, HERMANA.
¿QUÉ TIENES QUE OFRECER-NOS?
YO...
NO TENGO NADA.
JEAN-BAPTISTE NO...
...OPINARÍA LO MISMO.

¡JEAN-BAPTISTE PUEDE IRSE AL INFIERNO!
XIV
OUI. Y AL CIELO TAMBIÉN.
AHORA VIAJA.
LIBRE. DELIA...
TEMPLANZA

"¿POR QUÉ NO VAS CON ÉL?".
NO HA IDO BIEN, ¿VERDAD?
MIS MADRES PUEDEN SER DIFÍCILES.
¿MADRES? TE HAN LLAMADO "HERMANA".
A VECES NOS LLAMAMOS COSAS DE MANERA CARIÑOSA.
EL CARIÑO...
NO ES ALGO QUE YO... EH...
ENTIENDO.
N.E. SAULS GROCERY

my food
BREAD
DELIA...
NO, TÚ NO LO ENTIENDES.
SOY UN MONSTRUO.
HomeMade
APPLE PIE
Cola

LOU, TE HE TRAÍDO POR LO QUE ERES...
TUS HERMANAS... O MADRES, O LO QUE SEA, NO SON MÉDICOS...
SON BRUJAS.
SÍ.
HAN DICHO QUE TENEMOS QUE PAGAR...
SIEMPRE HAY UN PRECIO, LOU.
Y TANTO. SEGURO QUE NO SALGO BARATO. ME JUEGO ALGO A QUE LA SANGRE MANCHADA...
PARK UK
1045
...
¿HAY ALGUNA CALLE OSCURA EN ESTA CIUDAD?
NO, EN CASI TODAS HAY LUZ.
ESA RESPUESTA...
...HA SIDO PRECIOSA.

PERO NO CONTESTABA A MI PREGUNTA.
EN CUANTO SUPO LO QUE QUERÍA DECIR, DELIA ME SUPLICÓ QUE NO FUERA.
YO LE CONTESTÉ QUE NO LE PEGABA SUPLICAR. Y A MÍ TAMPOCO.

NECESITÁBAMOS DINERO, Y EL DINERO NO CRECE EN LOS ÁRBOLES. MEJOR...
PORQUE NO ME GUSTA TREPAR.
NO. A MÍ DAME LA FRUTA QUE CUELGA MÁS BAJA...
SIEMPRE.
SACAR DINERO DEL BOLSILLO AJENO NO ES DIFÍCIL. PERO ¿Y SACAR SUFICIENTE?

ESO YA CUESTA MÁS.
PERO POR ESO SE FIJÓ EN MÍ "JOE EL JEFE" EN NUEVA YORK.
POR ESO Y POR MI CARA BONITA.
DIAMOND CLOTHES
POR NO HABLAR DE MI AMOR PROPIO.
¿QUIERES DINERO...?

DIAMOND
CLOTH
PUES QUE SIEM-
PRE PAREZCA QUE
TIENES DINERO.
MOND
THES
SIGUE ESA SENCILLA REGLA Y SE
TE ABRIRÁN LAS PUERTAS DE LAS
HABITACIONES DONDE ESTÁN LOS
TIPOS QUE QUIEREN QUITÁRTELO.
HOUSE
TIPOS COMO
ESTOS.
O ESO PIEN-
SAN ELLOS.

LOS TIPOS COMO ELLOS... QUE LO PIENSEN. ES UN BÁLSAMO PARA EL ALMA...
Y UN CANTE.
PECES GORDOS Y JUGADORES EMPEDERNIDOS... NO IMPORTA EN QUÉ CIUDAD, SU MIERDA QUE NO APESTA A MÍ SIEMPRE ME HUELE IGUAL.
JUEGAN FUERTE, PERO SOLO ES UN JUEGO.
EL DINERO SOLO ES TINTA SOBRE PAPEL, COMO LAS CARTAS.
ESOS PALETOS QUE JUGABAN A LOS DADOS EN EL CALLEJÓN SE PASARÁN LA SEMANA PREOCUPADOS POR EL DINERO QUE LES GANÉ.
¿ESTOS CABALLEROS ELEGANTES? MIENTRAS SE DIVIERTAN PERDIENDO, VALGO MI PESO EN ORO.
Y TANTO QUE SÍ.

IDIOTAS DE MIERDA.
FSSH
YO ME OCUPO, SEÑOR. YO ME OCUPO.
GRACIAS, PORTERO.
DE NADA, SEÑOR. DE NADA.
HE VISTO LO QUE HA HECHO AHÍ DENTRO. IMPRESIONANTE. MUY IMPRESIONANTE.
HE TENIDO SUERTE.
JA, JA. NO, SEÑOR. NO, SEÑOR. ESO NO HA SIDO SUERTE.
HA SIDO...
HA SIDO AGRADABLE VER CÓMO LOS ENGAÑABA.

TE HE DICHO... QUE HA SIDO SUERTE.
POR CIERTO...
DEBERÍA REPARTIR UN POCO.
¡EEEH! GRACIAS, SEÑOR. GRACIAS.
NO HAY DE QUÉ.
¿SE VA A MARCHAR YA?
SÍ, PORTERO, SÍ. AQUÍ YA HE TERMINADO.
SÍ, SEÑOR. SÍ, SEÑOR. CLARO.
ANTES DE IRSE, ¿LE INTERESARÍA TOMAR UN TRAGO?
¿NO ES ILEGAL?
LO SIENTO, SEÑOR. LO SIENTO. PARECE USTED...
UN HOMBRE FELIZ QUE LLEVA UN TIEMPO SIN TOMAR UN TRAGO.

QUIZÁ SOLO UNO...
SÍ, SEÑOR. ¡SÍ, SEÑOR! HAY UN LOCAL A LA VUELTA DE LA ESQUINA. SI NO LE IMPORTA, YO LO LLEVO.
NO SOY DE AQUÍ, ASÍ QUE ME VIENE BIEN UN GUÍA, PORTE...
OYE, ¿CÓMO TE LLAMAS?
NO SOY NADIE. NADIE. VAMOS...
NADIE ES NADIE. TENDRÁS UN NOMBRE. ¡SI NO ME LO DICES, ME VAS A OFENDER!

JEAN-BAPTISTE.

¿VAMOS?

Capítulo

CATORCE

NO TENGO RECUERDOS DE COSAS QUE HAN PASADO.
COSAS QUE PASARON HACE TAN SOLO UNAS HORAS... ¿BORRADAS?
NO ES REAL. NO TENGO NINGÚN RECUERDO.

LO SÉ, LO SÉ. ADEMÁS, OIGO... EL CHASQUIDO DE LENGUAS.
PERO ESTÁN DENTRO DE MANDÍBULAS DE CRISTAL.
ESO NO CONVIENE OLVIDARLO.
AL MISMO TIEMPO, RECUERDO COSAS QUE NO PASARON.
COSAS QUE, SI ME PRESIONASEN, JURARÍA SOBRE LA TUMBA DE MI HERMANA...
...QUE ERAN REALES. PERO NO LO ERAN.

NO ES QUE MI CEREBRO ME ESTÉ TOMANDO EL PELO. ES MÁS BIEN...
¿MI IMAGINACIÓN TOMÁNDOLE EL PELO A MI CEREBRO?
NAH. ES...
HE OLVIDADO LA PALABRA.

SIGNIFICA ALGO DE LO QUE NO PUEDO ACUSAR A MI CEREBRO.
?
AH, BIEN. ESTÁS...
NO ES LO QUE PIENSAS.

MÁS TE VALE.
JUGUÉ A LOS DADOS, A LAS CARTAS...
ES MUCHO DINERO.
PARA LAS HERMANAS. PARA QUE ME CUREN.
Y QUIZÁ PARA QUE TE COMPRES UN VESTIDO NUEVO.
NO TE MOLESTARÁ, ¿NO?
NAH.
ADEMÁS, HAY MUCHO MÁS EN EL SITIO DE DONDE SALIÓ ESTE...
¿QUÉ ES ESO?
NADA.
YA. NADA...

DELIA, ¿POR QUÉ HACES ESTO?
¿EL QUÉ? ¿INTENTAR AYUDARTE?
NO...
PERO SÍ. ¿POR QUÉ LO HACES?
¿RECUER-DAS LO QUE ME DIJISTE LA NOCHE QUE NOS CONO-CIMOS?
...
ERA CIERTO.
TE CREO.
CREO EN TI.
NECESITAS UN BAÑO.

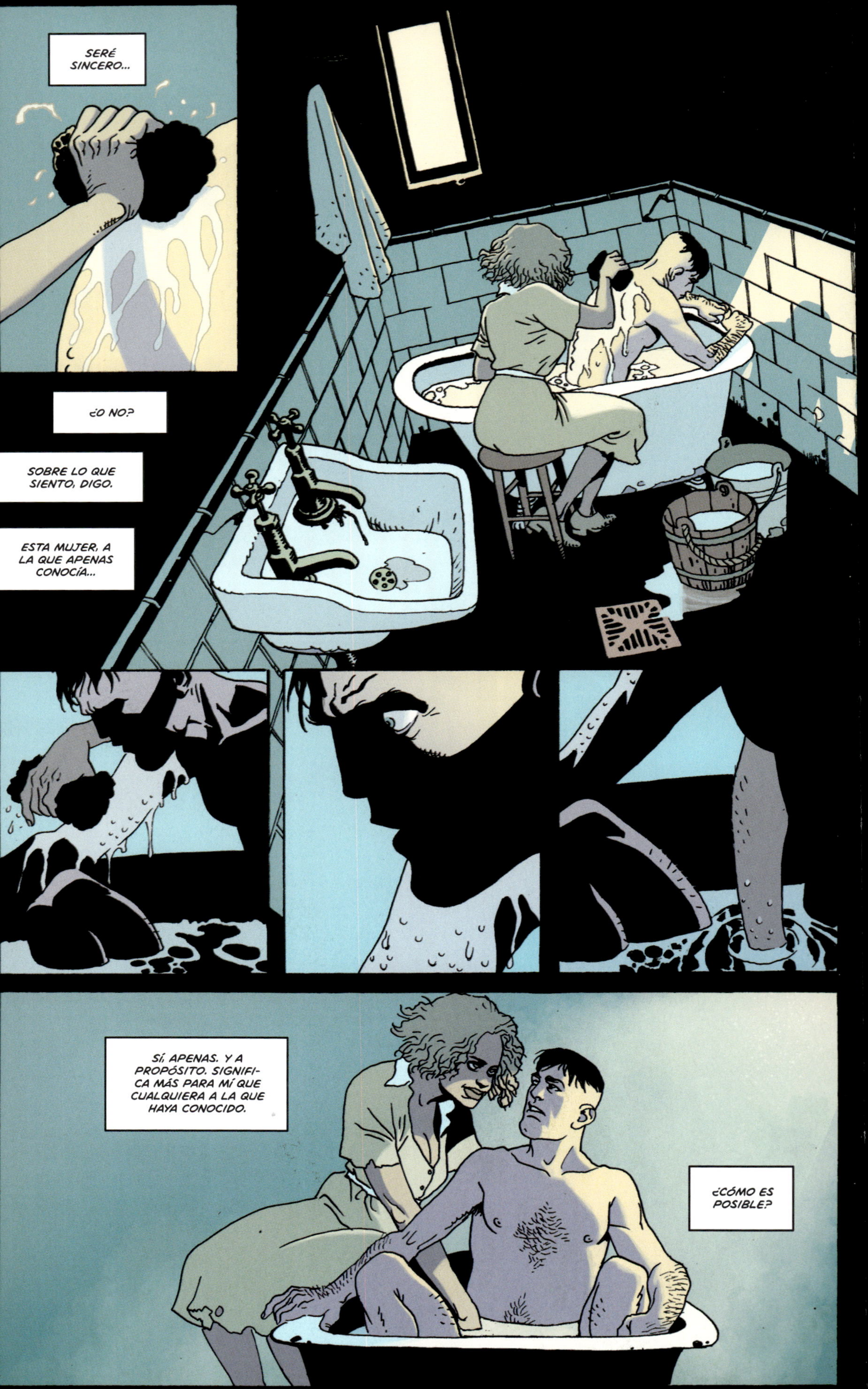
SERÉ SINCERO...
¿O NO?
SOBRE LO QUE SIENTO, DIGO.
ESTA MUJER, A LA QUE APENAS CONOCÍA...
SÍ, APENAS. Y A PROPÓSITO. SIGNIFICA MÁS PARA MÍ QUE CUALQUIERA A LA QUE HAYA CONOCIDO.
¿CÓMO ES POSIBLE?

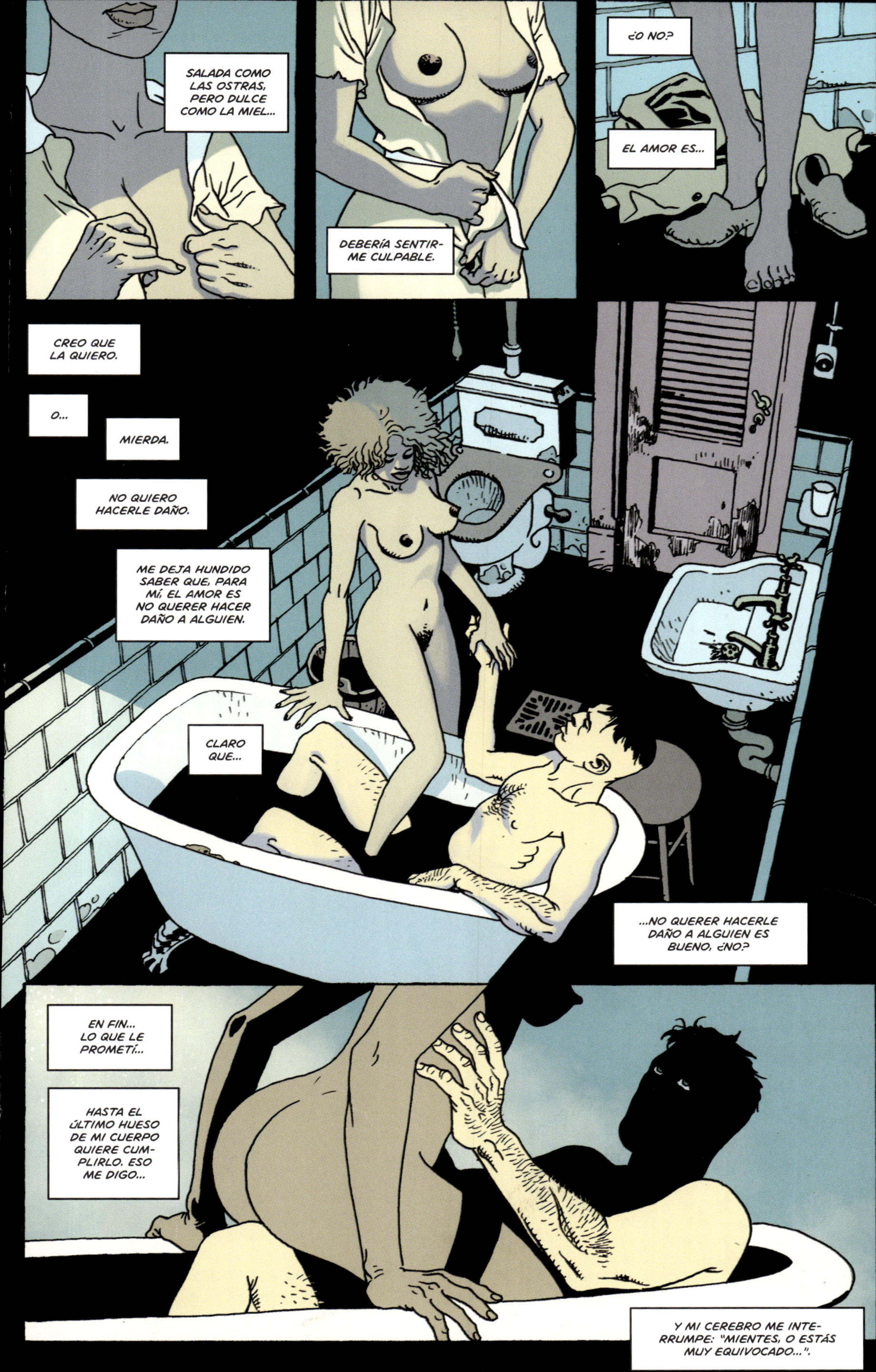
SALADA COMO LAS OSTRAS, PERO DULCE COMO LA MIEL...
DEBERÍA SENTIRME CULPABLE.
¿O NO?
EL AMOR ES...
CREO QUE LA QUIERO.
O...
MIERDA.
NO QUIERO HACERLE DAÑO.
ME DEJA HUNDIDO SABER QUE, PARA MÍ, EL AMOR ES NO QUERER HACER DAÑO A ALGUIEN.
CLARO QUE...
...NO QUERER HACERLE DAÑO A ALGUIEN ES BUENO, ¿NO?
EN FIN... LO QUE LE PROMETÍ...
HASTA EL ÚLTIMO HUESO DE MI CUERPO QUIERE CUMPLIRLO. ESO ME DIGO...
Y MI CEREBRO ME INTERRUMPE: "MIENTES, O ESTÁS MUY EQUIVOCADO...".

"PORQUE LOS HUESOS... COMO LAS PROMESAS... ESTÁN PARA ROMPERLOS".
ENTRE EN EL CÍRCULO DANDO MARCHA ATRÁS, SEÑOR PIRLO.
¿PARA QUÉ?
PARA QUE LO JUZGUEN LOS SANTOS.
ANDA YA.
¿ALGÚN PROBLEMA?
SÍ.
LA IGLESIA.
¿PUEDO DECIROS ALGO, HECHICERAS?
LOU, DEBERÍAS MOSTRAR RESPETO.
CLARO.
LOS SANTOS... SIEMPRE VAN A JUZGAR QUE SOMOS PECADORES.
RECONOCES QUE HAS PECADO.
¿Y QUIÉN NO? PERO NO ES ESO LO QUE HE DICHO.
QUERÍA DECIR QUE LOS SANTOS NECESITAN QUE LOS DEMÁS SEAMOS PECADORES.
ASÍ NO LES FALTA EL TRABAJO.

¿PUEDE CALLARSE?
EN REALIDAD, LOS SANTOS SON PECADORES A LOS QUE SE LES DA ESPECIALMENTE BIEN MENTIRLE A DIOS.
CÁLLESE, ¿QUIERE?
O SEA, QUE EL DINERO QUE OS HE DADO TAMBIÉN PODRÍA HABERLO SOLTADO EN EL CEPILLO, ¿EH?
"O EN EL RETRETE".
"CÁGUESE EN NOSOTRAS, SEÑOR PIRLO".
"SI HASTA HA PAGADO POR EL PRIVILEGIO".
"PERO HAY UNA FUERZA SINIESTRA EN USTED".

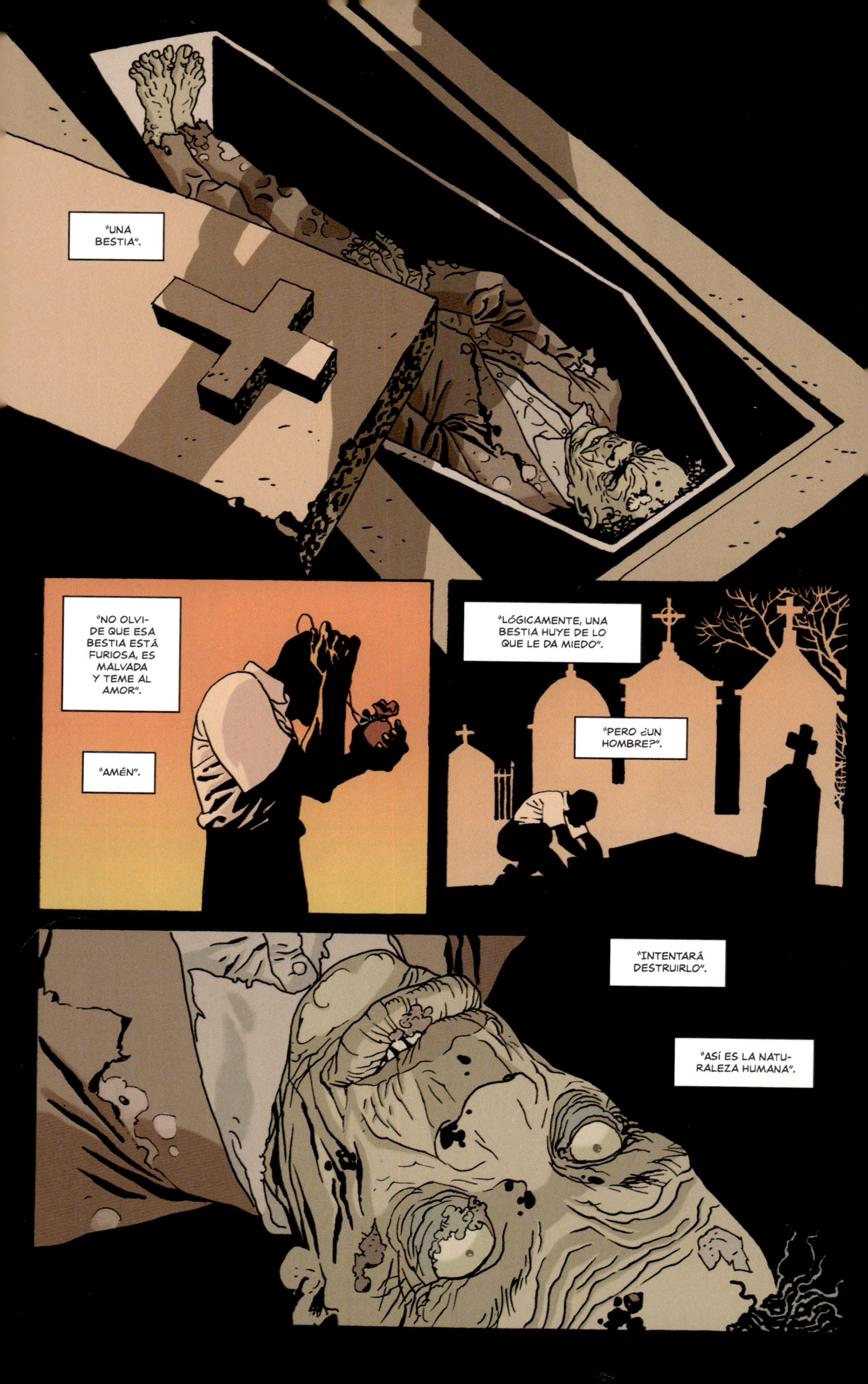
"UNA BESTIA".
"NO OLVIDE QUE ESA BESTIA ESTÁ FURIOSA, ES MALVADA Y TEME AL AMOR".
"AMÉN".
"LÓGICAMENTE, UNA BESTIA HUYE DE LO QUE LE DA MIEDO".
"PERO ¿UN HOMBRE?".
"INTENTARÁ DESTRUIRLO".
"ASÍ ES LA NATURALEZA HUMANA".

SIÉNTESE, POR FAVOR.
SI NO LE IM...
¡SÍ ME IMPORTA!
SLAP!
¡EH! ¿DE QUÉ VA ESTO?
VA DE PURIFICAR SU...
ANGELIQUE...
NO TIENE.
¿QUÉ?
LE HAN ROBADO EL ALMA.
¿EL QUÉ?
SU ALMA, SEÑOR PIRLO...

"YA NO LE PERTENECE".
QUERIDO HERMANO ENOS HOLT 1907 1931
ME HE PASADO POR TU CABAÑA, TEMPEST. NO ESTABAS EN LA CAMA. TUS HERIDAS SE HAN CURADO.
SUPONGO QUE ESO ES BUENO.

MAMÁ ME HA DICHO QUE TE BUSCASE JUNTO A LA TUMBA DE ENOS. SUPONGO QUE ESO NO ES BUENO.
AQUÍ ESTÁS.
AQUÍ ESTOY, FRYE.
AQUÍ ESTAMOS TODOS, MALDICIÓN.
METIDOS EN UN LÍO.
SÍ.
LOS GÁNSTERES NO SE ASUSTAN COMO LOS AGENTES DEL GOBIERNO. LOS ECHAMOS A TIROS. NO CREO QUE VOLVAMOS A VERLES EL PELO NUNCA MÁS.
ENTONCES, ¿VAN A VOLVER?
HE OÍDO QUE JIMMY LLEVA EL ALCOHOL HASTA NUEVA YORK.
LOS CABREAMOS A BASE DE BIEN.

TENGO UNA IDEA.
NO CREO QUE QUIERAS OÍRLA.
TEMP, NO VOY A JUZGAR LO QUE FUERA QUE PARECÍA QUE ESTABAS HACIENDO CON ESE VIEJO GÁNSTER.
AUNQUE DEBERÍA.
PERO YO NO SOY MAMÁ. ELLA NO TE VA A DAR LA ESPALDA, PERO SUPONGO QUE NO LE IMPORTARÍA NO VOLVER A VERTE NUNCA MÁS.
TE LO AGRADEZCO, FRYE.
YA, BUENO... TU AGRADECIMIENTO Y LA MANERA EN QUE ME GUSTARÍA QUE ME LO AGRADECIESES NO COINCIDEN... PERO DEJEMOS ESE TEMA.
LO SIENTO, FRYE.
SOLO HAY UNA MANERA DE ACABAR CON ESTO...

¿QUÉ HACÉIS?
INTENTAR ENCONTRAR TU ALMA.
INTENTAMOS RECUPE-RARLA.
EL TIEMPO SE HA AGOTADO. NO SERÁ ESTA NOCHE.
MEJOR NOS PREPARAMOS PARA MAÑANA.
CONQUE ESTÁIS OCUPADAS ESTA NOCHE, ¿EH?
CREO QUE... VOY A DAR UN PASEO.
NO VUELVAS A IR ALLÍ, LOU...
DELIA, NI SIQUIERA ESTA-BA PENSANDO EN ESO...

HASTA QUE ELLA LO MENCIONÓ.
SUS HERMANAS SE LLEVARON CASI TODO EL DINERO QUE GANÉ. TENGO EL PROBLEMA DE ANDAR ESCASO DE EFECTIVO.
PERO PENSABA REMEDIARLO. SÍ, SEÑOR. IBA A PONERME MANOS A LA OBRA...
...DESPUÉS DE ACHISPARME UN POCO.
TENDRÍAIS QUE VEROS LAS CARAS...
¿MATÉ A ALGUIEN ANOCHE?
¿ANOCHE? ¿QUIERE HABLAR DE...?

NO SÉ A QUÉ SE REFIERE, SEÑOR.
NUNCA LO HABÍA VISTO POR AQUÍ.
BIEN...
PONME UN WHISKY.
¿Y EL VASO?
LLÉVESE LA BOTELLA.
NO TIENE QUE PAGARLA.
¿AH, NO? NO CONOZCO UN SOLO GARITO DONDE BEBER SALGA GRATIS POR TENER LABIA.
YA PAGÓ ANOCHE.
¿DE VERDAD?
Y TANTO...
HASTA MAÑANA.
QUIZÁ...
SÍ, SEÑOR...

"QUIZÁ...".
ME SENTÉ Y ME QUEDÉ MIRANDO LA DIRECCIÓN EN LA TARJETA...
Y EL LUGAR AL QUE CORRESPONDÍA...
...DURANTE MEDIA BOTELLA.
DA MIEDO, ¿EH?
NO SOPORTO ESTOS SITIOS, JODER.
¿POR QUÉ, TONY EL GORDO? ES DONDE DEBERÍAS ESTAR.
LOU, CUANDO MUERES, VAS A DONDE TE NECESITAN. ¿Y CUANDO NO TE NECESITAN?
SOLO PUEDO DECIR: GRACIAS POR SER COMO ERES.
NECESITAS QUE TE ACOMPAÑE AL CEMENTERIO. ESO SÍ QUE ES RARO, JODER.

PORTADORES DEL FÉRETRO. TÚ HABRÍAS SIDO UNO...
SÍ, ¿NO? COMO SI TE LLEVASEN UNOS...
SEGURO QUE NECESITASTE OCHO, GORDO CABRÓN...
JESÚS, MARÍA Y JOSÉ...
LOU...
EL OTRO TONY...
ESE CABRÓN FLACUCHO TE SOLTÓ, ¿EH?
DEBERÍAS HABERLO VISTO.
ANITA...
MIERDA. LO SIENTO. NO ME ACORDABA DE TU MUJER.
SU CARA AL VER QUE MI FIAMBRE SE SALÍA DEL ATAÚD...
LA PICHA SE ME PUSO DURA.
TAMBIÉN PUDO SER EL RIGOR MORTIS.
¿QUÉ PICHA, LOU?

MIER-DA. LO SIENTO.
DEBERÍA HABERTE DICHO QUE TU HERMA-NA ESTABA AQUÍ.
LOU, LA COSA PINTA MAL.
NO ME DI...
¿TIENES UN AMIGO, BELLE? QUÉ BONITO.
ME GUSTARÍA CONOCER A ESE...
YA. LO SÉ. PERO YA MEJO-RARÁ.
COMO SIEMPRE.
MI NUEVO AMIGO NO DICE LO MISMO.

¿FORASTERO? SIEMPRE HE PENSADO QUE ESTABAS ENVUELTO EN OSCURIDAD...
¿ENOS?
NUNCA PENSÉ QUE ESA OSCURIDAD NO VALDRÍA UNA MIERDA.

Capítulo
QUINCE

VAYA, EN UN CEMENTERIO TE ENCUENTRAS DE TODO...
¿VERDAD, ENOS?
SÍ, FORASTERO. A MUERTOS...
¡Y A LOS QUE DEBERÍAN ESTARLO!
¡EH!
VAYA, CASI ME ARRANCAS LA CABEZA, PALETO. PERO...
SLAP
SLAP
AQUÍ LA TENGO, SOBRE LOS HOMBROS.
SERÁS HIJO DE...

¡GYAAAH!
¿QUÉ? ¿TE DUELE EL HOMBRO? ¿HAS VUELTO A FALLAR?
¿SABES QUÉ, ENOS? PEGAS COMO UNA NIÑA.
UNA NIÑA MUERTA.

¿EH?
¿CÓMO PUEDES AGARRARME, FANTASMA?
OOOH, NO ES NINGÚN FANTASMA.
CLEMENT JEFFERSON ES DE CARNE Y HUESO...
SEÑOR.

EH...
YO TE CONOZCO.
NO.
NO ME CONOCES. ME HAS VISTO.
SIN EMBARGO, YO...
RIP
R·I·P
JAMIE E. PITERES
RIGG HESS
1715 - 1800
SÉ QUIÉN Y QUÉ ERES.
¿EL QUÉ?
ALGUIEN QUE LUCHA CONTRA FANTASMAS.
UN HOMBRE SALVAJE...
¡AAAH!
Y UNA BESTIA SALVAJE.

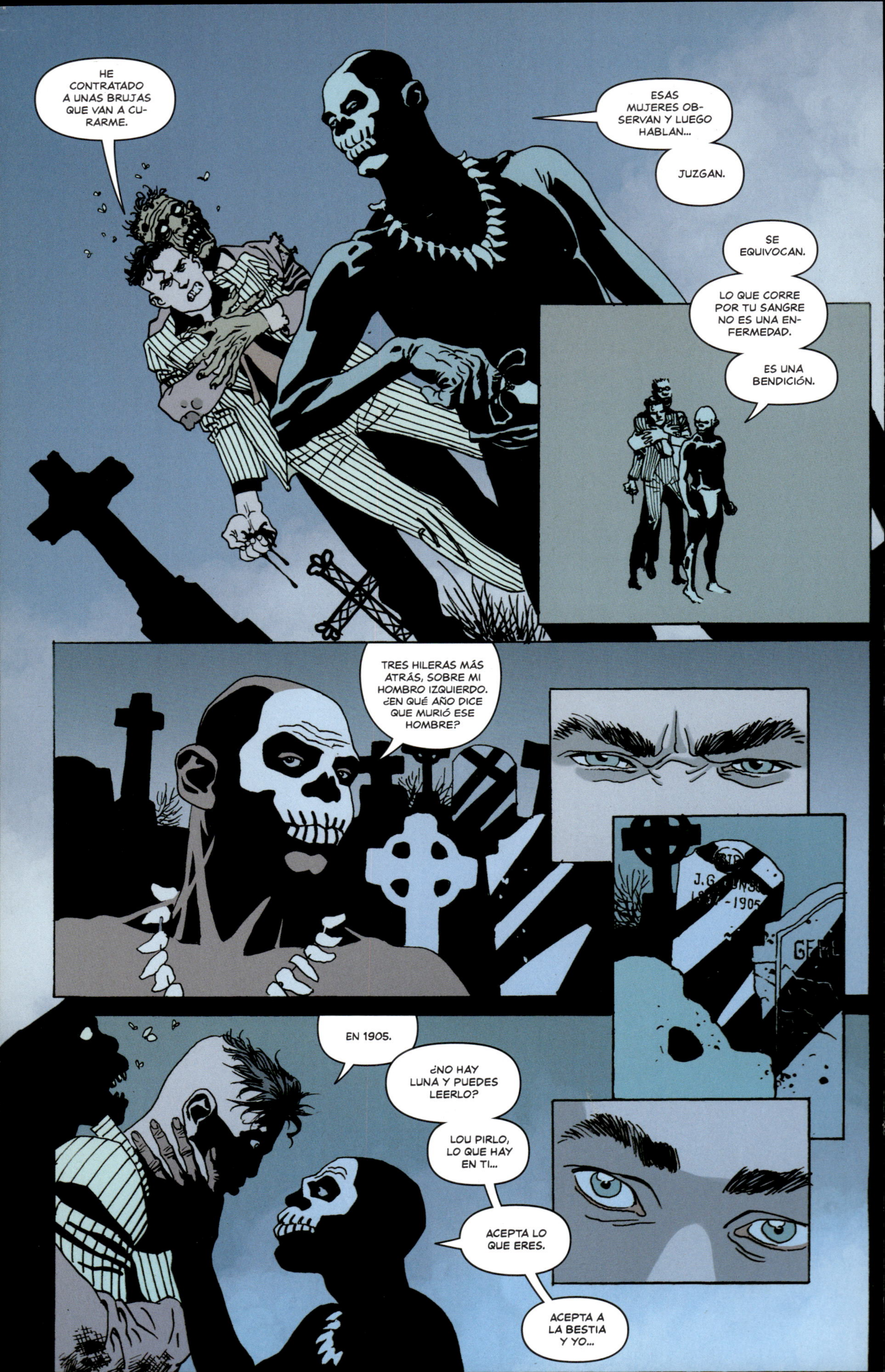
HE CONTRATADO A UNAS BRUJAS QUE VAN A CURARME.
ESAS MUJERES OBSERVAN Y LUEGO HABLAN...
JUZGAN.
SE EQUIVOCAN.
LO QUE CORRE POR TU SANGRE NO ES UNA ENFERMEDAD.
ES UNA BENDICIÓN.
TRES HILERAS MÁS ATRÁS, SOBRE MI HOMBRO IZQUIERDO. ¿EN QUÉ AÑO DICE QUE MURIÓ ESE HOMBRE?
EN 1905.
¿NO HAY LUNA Y PUEDES LEERLO?
LOU PIRLO, LO QUE HAY EN TI...
ACEPTA LO QUE ERES.
ACEPTA A LA BESTIA Y YO...

WOOF WOOF
"TE AYUDARÉ A SER EL HOMBRE QUE TIENES QUE SER".
?
EJEM
NE-CESITO LA TIERRA QUE TIENE DE-BAJO.
SNIF
...
USTED FUMA PUROS.
DE VEZ EN CUANDO, ¿POR?
CÓM-PRESE UNO BUENO.
"¿QUÉ HOMBRE SE VA A DAR UN PASEO Y NO VUEL-VE A CASA?".

UNO QUE NO DEBERÍA ENTRAR EN LA TUYA.
ƎTSKƎ ƎTSKƎ
NO ES CULPA DE DELIA. NUNCA HA SABIDO ELEGIR.
A LOS HOMBRES, DIRÁS.
DIGO.
SLAM
VOSOTRAS DOS... VUESTROS PLANES PARA MÍ...
¡...ERAN PARA LAS TRES!

¿NOSOTRAS? ¡JEAN-BAPTISTE NO NOS LLAMÓ A NOSOTRAS A SU LECHO NUPCIAL!
¿Y QUÉ? SOLO PODÍAS PENSAR EN TI MISMA.
¡YO NO LO AMABA!
JAJAJAJA
TÚ Y TU AMOR...
JEAN-BAPTISTE ES UN HOMBRE PODEROSO. ESE HOMBRE CON EL QUE VAS...
...SE LLAMA LOU.
...ESTÁ ROTO Y SIN ALMA POR SUS PROPIOS ACTOS. NUNCA SE HA MIRADO AL ESPEJO.
¿SABES POR QUÉ? PORQUE ES DÉBIL. APESTA A ESO.

PARE-
CE QUE
NECESITO
UN BAÑO.
DELIA,
¿PODRÍAS
PREPARAR-
ME UNO?
ESTOY
OCUPADA.
¿POR QUÉ
NO TE LO
PREPARAS
TÚ, LOU?
"ERES UNA DECEPCIÓN MUY
AMARGA QUE ME LLEVARÉ
A LA TUMBA, CHICA".

LAMENTO QUE TE SIENTAS ASÍ, MAMÁ.
"LAMENTO", DICE. JA.
NINGÚN CANALLA DICE ESO Y SE LO CREE.
NI UNO SOLO.
BUENO, SUPONGO QUE YA ESTÁ...
NO...
SPITTOOO
AHORA SÍ.
"¿ESTÁS SEGURA DE ESE PLAN TUYO, TEMPEST?"

NO. QUIZÁ.
1356
ORT
MIERDA, FRYE. PENSÉ EN MÍ Y NADA ME SALIÓ BIEN. ENOS ESTÁ MUERTO, PAPÁ HA DESAPARECIDO...
LA FAMILIA ESTÁ ROTA...
YA ES HORA DE PONERLA POR DELANTE DE MÍ.
NO SOMOS FAMILIA EXACTAMENTE.
DE SANGRE, NO, PERO SÍ DE CORAZÓN, HERMANO.
TE QUIERO.
TE MANDARÉ LLAMAR CUANDO LLEGUE EL MOMENTO.
"NO, NO NOS ESTAMOS EQUIVOCANDO AL TRATAR TU ENFERMEDAD".

SUPONGO QUE NO... SI LO CONSIDERÁIS UNA ENFERMEDAD.
YO CREO QUE PODRÍA SER UNA BENDICIÓN.
¿¡CÓMO DICES!?
ESCÚCHA-ME. PONGAMOS UN EJEMPLO. HE OÍDO A TUS MA-DRES...
...HERMANAS.
MADRES... CRITICÁNDO-ME A UNA MANZANA DE AQUÍ. HE ESTADO OYENDO ESA MIERDA MIENTRAS VENÍA, ENFADADO, HACIA AQUÍ.
SI TÚ NO ESTUVIERAS AQUÍ...
¿QUÉ HABRÍAS HECHO?
¿QUÉ, LOU? ¿QUÉ HABRÍAS HECHO?
NADA.
NO TE CREO.
DELIA...

TE QUIERO.
ESO SÍ ME LO CREO.
ENTONCES, QUERIDA, TIENES QUE ENTENDER...
QUE NO TIENES RAZÓN.
VALE.
LOU...
NO PUEDES CONTROLAR QUIÉN ERES. ESO DA MIEDO.
QUÉ SOY, QUERRÁS DECIR.
¡TEN VALOR, POR UNA VEZ EN TU VIDA!
Y...
YO TAMBIÉN TE QUIERO.
AMOR.

EL AMOR TRAE ATADURAS.
MÁS BIEN SOGAS.
O CADENAS.
TENGO VENTAJA Y ELLA QUIERE QUE CAMBIE.
ESO HACE QUE..
...NO QUIERA CAMBIAR. HASTA EL ÚLTIMO CANTE, JODER...
UN GUIÑO DE OJOS. UN FAROL.
SE RASCA LAS PIERNAS BAJO LA MESA. LA ÚLTIMA VEZ ESTABA INTENTANDO COGER UNA CARTA.
ESTÁ INTENTAN-DO COGERLA.
LE HUELEN LOS HUEVOS.
NO TIENE UNA MIERDA.
Y ELLA, CADA VEZ QUE GANO...

LE GUSTA VERME GANAR.
ESO ME GUSTA.
EH.
¿QUÉ SIGNIFICA "EH"?
ESTABA ENSEÑANDO DOS REYES MÁS UN AS.
YO HE ENSEÑADO DOS SEISES. ¿QUÉ INTENTAS DECIRME?
VOY A APARTARME DE LA MESA DURANTE UNAS CUANTAS MANOS...
SI A NADIE LE IMPORTA.
LOS ÁNIMOS SE ESTÁN CALDEANDO.
NO ES LO ÚNICO.
¿HAY HABITACIONES ARRIBA?
CREO QUE PUEDO...

NO TE ACERQUES A ELLA.
¿ALGÚN PROBLEMA CON QUE UNA CHICA SE GANE LA VIDA?
NAH.
PERO SÍ CON UN YANQUI QUE HACE TRAMPAS A LAS CARTAS.
¿VERDAD, CHICOS?
¿Y SI ME VOY SIN MÁS?
SÍ.
VETE SIN MÁS.

NO TENGO NIN-GÚN PROBLEMA EN LLEVARME MI DINE-RO MANCHADO DE SANGRE...
SEÑOR, POR TODO LO QUE ES HUMANO...

¡NO!
PUSH

¿ADÓN-DE VAS CON TANTA PRISA, LOU PIRLO?
CREO QUE HE CABREADO A UNOS TIPOS Y VAN A SALIR A BUSCARME...
PARECE QUE IGUAL QUE TÚ.
LO QUE YO PA-REZCO PUEDE CAMBIAR...
PERO NO COMO TÚ.

OYE, ESOS TIPOS QUE VIENEN... SON UN PROBLEMA.
PERO NO COMO TÚ.
YA ES HORA, LOU PIRLO, DE QUE DEJES DE HUIR DE LO QUE ERES.
NO ESTOY HUYENDO DE...
SPITTOOO
PERO ¿QUÉ...? QUÉ ASC...
OOOoo
AHORA ERES MÍO, LOU PIRLO.
OOOAARGH

¡EH!
¡AHÍ ESTÁ!
¡A POR ÉL!
AL - 314
GRRRRR

ATACA.
GRRAAAHH

Capítulo

DIECISÉIS

AUUUUUUU
DELIA...
NO.
LLE-
GAMOS
TARDE.
DELIA...
NIÑA...

"EL HOMBRE HA DESAPARECIDO".
GYAAAAH
SLAAASH
CRAAA...

AAAAH
GRRAAAHH
JA JA JA JA JA
ESO ES, LOU PIRLO...
"DEJA SALIR A LA BESTIA".
"RÍNDETE A...".

"...TU ALMA".
"SIENTA BIEN, ¿EH? COMO SI HUBIERAS LLEGADO AL LUGAR...".
...DEL QUE HUÍAS.
EL CÍRCULO...

AUUUUUUU
"...SE HA CERRADO".

"SE ACABÓ ESO DE HUIR, LOU PIRLO. AHORA PERSIGUES ALGO".
RSON
"ERES UNA BESTIA SALVAJE Y DISOLUTA... CONSUMIDA POR APETITOS QUE NO CONTROLAS TÚ".
"AHORA TE CONTROLO...".
EGGS STORE
FAMILY
WIND
YO.

ASÍ FUNCIONA LA MAGIA. HOMBRES Y MONSTRUOS...
LOS SALVAJES PERSIGUEN A LOS CONSCIENTES.
ES LA HORA DE VACIAR DE VIDA A LOS LUJURIOSOS.
"¿Y EL CORAZÓN?".

"HAY QUE DEVORARLO".
NO TE AVERGÜENCES DE LO QUE ERES, LOU PIRLO.
CHÚPATE EL HOCICO.
¿A QUÉ SABE? ¿A LA MIEL DEL MIEDO...?
¿...O DEL ARREPENTIMIENTO?
A VER CÓMO APESTA...

CORRE AL PANTANO.
QUÉDATE AHÍ.
YO ESTARÉ...

"CERCA".
TU HOMBRE YA NO ES UN HOMBRE... Y AHORA ES MÍO, DELIA BANE.
NO SE TE OCURRA SU-PLICARME.
JEAN-BAPTISTE...
AMO...
NO LO HARÉ.
ME RECHAZASTE. A MÍ, TU SACER-DOTE...
RENEGASTE DE MÍ, SACER-DOTISA.
¿TODO ESTO ES POR AQUE-LLO?
ME DOLIÓ MUCHO.
ESTA CIUDAD... ES MÁGICA...

TE FUISTE PORQUE PENSABAS QUE ERAS MEJOR QUE NOSOTROS.
NO. FUE PORQUE NO TE QUERÍA.
PORQUE PARECE QUE PREFIERES AMAR A UN ANIMAL.
LOU... ¿CÓMO LO HAS SABIDO?
LO SÉ TODO, DELIA BANE. NO PUEDES OCULTARLE NADA A JEAN-BAPTISTE.
NO, CON MIS HERMANAS NO.
TOUCHÉ. SEA COMO SEA...

TUS MADRES ME MUESTRAN EL RESPETO QUE TÚ ME NIEGAS.
JEAN-BAPTISTE, SI ESTIMAS ADE-CUADO LIBERAR EL ALMA DE ESE HOMBRE...
TE OFREZCO LA MÍA.
¿PARA ESTAR CONMIGO?
ME HAS OBLIGADO, DELIA BANE.
LO... LO SIENTO.
Y YO.
Y TE PROMETO QUE ME PASARÉ LAS NOCHES SUPLI-CÁNDOTE QUE ME PERDONES.

"A PARTIR DE ESTA NOCHE".
BA-HAHAHAH
BAHAHAHAHAAA
GRRAAAHH
BAHAHAHAA

GGRRGGHH
GRRRRRRR

GRRRAAAAHH
GYAK
GRRAAAHH

KNOCK KNOCK
JEFE...
EL PORTERO ESTÁ AQUÍ.
¿QUERÍA HABLAR CONMIGO, SEÑOR CAROLLA?
SÍ.
¿QUÉ PUEDO HACER POR USTED, SEÑOR? DÍGAMELO Y YO...
DÉJATE DE TEATRO. NO ME LO TRAGO.
¿SEÑOR? NO TENÍA INTENCIÓN DE...
QUE CORTES EL ROLLO...

"QUIERO HABLAR".
PERO ¿QUÉ...?
¡SOCORRO!
QUE ALGUIEN...
...ME...
AQUÍ NO HAY NADIE QUE VAYA A AYUDARTE, LOU PIRLO. AHORRA SALIVA...
MIERDA.

BIENVENIDO A MI JARDÍN. MENUDA NOCHE PASAMOS...
NO ME ACUERDO...
...PARA AULLARLE A LA LUNA.
HAS DORMIDO TODO EL DÍA.
¿QUÉ ESTÁS TRAMANDO?
AÚN NO LO HE DECIDIDO.
TENÍA UNA IDEA SOBRE UNA MUJER. LUEGO UN HOMBRE ME DIO OTRA.
¿Y SI YO TE DOY UNA?
SOY TODO OÍDOS.

SUÉLTAME.
NO ES UNA BUENA IDEA, LOU PIRLO. NO PUEDO CONTROLARTE EN TU FORMA HUMANA.
EN TU ESTADO SALVAJE...
ERES MÍO.
POR EL OJO DE UNA AGUJA... O DE UNA BRUJA...
JE.
TENDRÁS QUE VES-TIRTE...
CON PIELES.
ESTÁS MEDIO DESNUDO...

"Y TENEMOS VISITA FEMENINA".

Capítulo

DIECISIETE

MI JAR-
DÍN HA CRECIDO
DE LAS SEMILLAS DE
LA INSATISFACCIÓN,
LOU PIRLO.
TE SORPRENDE-
RÍA SABER LO PRO-
FUNDAS QUE SON
SUS RAÍCES.
O QUIZÁ NO,
A JUZGAR POR
CÓMO SE MANI-
FIESTA TU SA-
TISFACCIÓN.
SÍ. ABUNDAN
LAS SEMILLAS AMAR-
GAS. ESA ES LA MALDI-
CIÓN DEL SEÑOR. BUE-
NO, MALO O INDI-
FERENTE...
ÉL
SIEMPRE
PROVEE.
BIENVENIDAS,
SEÑORAS.
BIENVENI-
DAS, BIENVE-
NIDAS.

SNFFF
...
AMO.
DEBO DECIR QUE ME ENCUENTRO EN UNA ENCRUCIJADA.
¿QUÉ VI EN ÉL AL PRINCIPIO?
VI VENGANZA.
VENGANZA, DIENTE TORCIDO Y GARRA CONTRA ESOS TIPOS QUE NO ME TRATARON CON RESPETO.
UN RESPETO QUE ME MEREZCO.
LUEGO...

UNA OFERTA DE AMOR. ME PONDRÍAN A LOS PIES ALGO QUE SE ME HABÍA NEGADO.
SI RENUNCIABA A TI, LOU PIRLO...
CONSEGUIRÍA LO QUE DESEO.
ENTONCES, INESPERADAMENTE... LA RIQUEZA.
UNA SOCIEDAD.
UNA OFERTA DIFÍCIL DE RECHAZAR.
¿DE QUÉ ESTÁS HABLANDO, JEAN-BAPTISTE?
CUENTA, POR FAVOR.

YA QUE PREGUNTÁIS, INTENTO CON TODAS MIS FUERZAS DESCUBRIR QUÉ ME HACE FELIZ.
SER FELIZ ES TENER UNA VIDA LARGA CON SALUD, ENGENDRAR MUCHOS HIJOS Y TENER UNA MUERTE RÁPIDA AL FINAL.
TODO LO DEMÁS ES SER INFELIZ.
GRRR
ENTIENDO.
WHACK

GRRAAAR
SANTOS DEL CIELO...
DELIA, YA SÉ QUE NOS DIJISTE QUE EL HOMBRE ERA COMO UNA BESTIA...
PERO ESE SALVAJISMO...
COMO UN HECHIZO...
POTENTE, ¿EH?
WHACK
AUUU
CONTROLADO POR MÍ.

¡MIRA CÓMO SE ENCOGE DE MIEDO!
¡TE TEME, BOKOR!
POR SUPUESTO.
NO QUIERO DESTROZARTE, LOU PIRLO...
PERO LO HARÉ SI ES NECESARIO.
JEAN-BAPTISTE, SI POSEES SU ALMA...
¿POR QUÉ ESTÁ ENCADENADO?
¿POSEO SU...?
OH.
PUES PARA PROTEGERTE, MON CHER.
EN LA BESTIA SOLO QUEDA EL HAMBRE.
UN HAMBRE INSACIABLE.
ESO LO COMPARTO CON ÉL.
¿EMPEZAMOS?
QUERIDOS TODOS...

OS HE REUNIDO AQUÍ PARA SER TESTIGOS DE UN MATRIMONIO SAGRADO.
UN ENLACE DE MAGIAS.
UNA UNIÓN DE CASAS.
AL ACEPTAR A UNA BANE EN LA MÍA.
DELIA BANE, ¿PROMETES AMARME Y RESPETARME, PROVEERME DE UN RECIPIENTE Y PRACTICAR TUS ARTES A MI SERVICIO, COMO TU AMO QUE SOY?
...
¿DELIA?
NO.

¡¿NO?!
¿A QUÉ VIENE ESA TONTERÍA, HERMANA?
¿¡CUÁNTAS VECES PIENSAS AVERGONZAR A TUS MADRES!?
JEAN-BAPTISTE, NECESITO QUE ME TOMES...
...ANTES DE TOMARTE YO A TI.
¿NECESITAS...?
CLARO.
NO.
FALTARÍA MÁS.

¿ESTÁS JUGANDO CONMIGO?
AQUÍ NO.
VEN CONMIGO.
ESA ES TODA UNA INVITACIÓN.
VEN CONMI-GO.

HUM.
SÍ.
GRRRR
EL AMOR LA VA A MATAR.
¿Y SI ANTES NOSOTRAS...
...MATAMOS AL AMOR?
ESO LA MATARÍA.
SEGURO.
GRRAAAHH
DELIA BANE...
¿DÓNDE ESTÁS?
ESTOY AQUÍ, JEAN-BAPTISTE.
SI ME ENCUENTRAS, SOY TUYA.

SOY TU...
¿SOCIO? HÁBLAME DE MI RIVAL RICA Y OLVIDÉMONOS DE ELLA.
¿ELLA?
NO ES NINGUNA MUJER. ES UN HOMBRE PODEROSO.
¿TE VAS A CASAR CON ÉL?
¡NO ME FALTES AL RESPETO, MUJER!

TE HE ENCONTRADO YO.
SÍ.
¿TE GUSTA?
SÍ.
¿PUEDO COGERLA?
SÍ.
DÍMELO.
CÓGELA.

SWAT
JODER, ESTOS PUÑETEROS MOSQUITOS SON GRANDES COMO GAVIOTAS...
¡EH!
SMEEARR
BASTA YA. NO ESTOY DE HUMOR.

¿DE VERDAD TE PARECE UNA BUENA IDEA, SAM?
SI NO, ¿ESTARÍAMOS AQUÍ?
ƎHUMƐ
¿TIENES ALGO QUE DECIR, GIO? DILO.
NUNCA HEMOS DEPENDIDO DE NADIE, SAM. NO VEO POR QUÉ TENEMOS QUE HACER TRATOS CON UN BETÚN.
PERO YO PUEDO HACERLO, ¿NO?
JUSTO LO QUE PENSABA.

GRRAAAR
GRRAAAHH
BESTIA, CALLA LA BOCA Y USA LAS OREJAS.
ESCUCHA...
GNYUH NYUH HU UH UH UH
...LA MAGIA.
NO SÉ POR QUÉ DELIA ESTÁ UNIDA A TI, BESTIA.
LOS PLANES DE NUESTRA HERMANA NO SON LOS NUESTROS, PERO ESTAMOS UNIDAS A ELLA...
POR LA SANGRE.
Y A TI... ESTAMOS UNIDAS POR EL DINERO.
A JEAN-BAPTISTE, SIN EMBARGO...

"NO LE ESPERA NADA BUENO".
ÑUUUUH
TUMBLE
HEEHEEHEEHEEHEE
¿EH?
HEE
¿DÓNDE TE HAS METIDO, MON CHER?
HEE HESSSSSSSS
YA ES TARDE PARA ESCONDERSE. ES HORA DE CASAR...

SSSS
¿QUÉ ES...?
GYAAAH
NO NO NO
GYAAH
GYAAAA

GYAAAARRRH
CRACK
SOL-TADLO.

ÉCHAME UNA MANO...
TENGO UN MAL PRESENTIMIENTO, SAM.
¿SEGURO QUE ES AQUÍ?
¿QUÉ NARICES...?
EEYAAAH...

SEÑOR CAROLLA...
ME CAGO EN LA PUTA...
SAM, NO SÉ DE QUÉ VA ESTO, PERO NO ES UN BUEN PLAN.
TCHAK
NO...
BUDDA BUDDA BUDDA
BUDDA
BUDDA
CLARO QUE NO.

LO ÚLTIMO QUE RECUERDO DE ESA NOCHE ES...
LAST NIGHT
QUE NO RECUERDO NADA.
ME DESPERTÉ EN LA CAMA QUE COMPARTÍA CON ELLA, PERO ESTABA SOLO. ERA TARDE. PRIMERA HORA DE LA TARDE.
PENSÉ EN ASOMAR... SONRIENDO, EVITANDO MIRARLA A LOS OJOS, INTENTANDO SONSACARLE PISTAS DE LO QUE NO RECORDABA.
PERO AL ENTRAR PESADAMENTE EN LA COCINA Y VER SU CARA...
GRAND DAD
MI NECESIDAD DE SABER SE CONVIRTIÓ EN...
EL MIEDO A SABER.
ESA SENSACIÓN...
TOBACCO
MATCHES

...EN LA QUE LA CULPA LLENA EL VACÍO QUE NINGÚN RECUERDO PODRÍA DEJAR.
¿ERES LOU PIRLO?
AMIGO, ¿QUIERES GANAR MÁS DINERO DEL QUE HAS SOÑADO NUNCA?
SÍ.
SAM COROLLA DÓLAR DE PLATA QUIERE HABLAR CONTIGO.
NO.

LA NOCHE SIGUIENTE A LA NOCHE QUE NO RECUERDO SALÍ DE CAZA...
BAR DANCING CLUB
MEJOR DICHO, SALÍ A BUSCAR.
Y LA NOCHE DE DESPUÉS, TAMBIÉN.
ANTES DE QUE FUERA CULPABLE, ELLA ME DIJO QUE NO SIGUIERA ESE CAMINO. NO LE HICE CASO AL MIEDO EN SU VOZ.
NI ME FIJÉ EN LA HUMEDAD DE SUS OJOS.
NI NOTÉ CÓMO SE TIRABA, NERVIOSA, DE LOS DEDOS.

PORQUE NECESITABA ESE ARDOR EN LA BOCA.
¿QUÉ PASÓ ESA NOCHE? NO IMPORTA QUE NO ME ACUERDE...
LO HUELO A ÉL EN ELLA.